句集

黄金分割

小林貴子
Takako Kobayashi

朔出版

「エルドラド」下山 淳

句集　黄金分割

はじめに

伊良湖岬から志摩半島をめぐり、さらに松阪、伊賀上野と二泊三日の吟行を「岳」俳句会で実施したことがあった。二〇一四（平成二十六）年五月下旬である。吟行地に伊賀上野はともかく、松阪の本居宣長居を加えることを私が主張した。鈴屋（すずのや）見学は俳人が苦手の場所であることは承知であった。歌人宣長の人間像は俳諧俳句が求めるものからは一番遠い。和歌の情緒や格式などを批判して飛び出した分家のやんちゃ者がもう一度本家へ顔を出すようなものだ。わざわざまわり道をして訪ね、なにを得てもどるのか。

私の漠然とした思いの中には和歌的な情緒や情調を俳句で捉えることをやってみてもいいのではないかという冒険心が騒いでいた。しかし、目論見なので、実感があったわけではない。

その日の句会に出された小林貴子の句に目を瞠った。

若葉には若葉のもの丶あはれかな　小林貴子

唸った。「もの丶あはれ」は宣長が源氏物語を貫く本質を評したことばとしてその著『紫文要領（しぶんようりよう）』や『石上私淑言（いそのかみのささめごと）』に出る。ひいてはそれが和歌的な世界の目指すところであった。日常、折に触れて接するものへのしみじみした季節の情感を指した。

目に触れた若葉の美しさを「若葉のもの丶あはれ」といった。いわれてみればその通りであるが、「もの丶あはれ」とは選ばれた花や紅葉への情感を漠然と想像していた者には、意外性がある。あっけらかんと言い放ったおかしみまでも滲む。忘れ難い佳句に出会った松阪吟行であった。

宮坂静生

句集　黄金分割　目次

装幀　間村俊一

二〇〇八年　おつとせい

五十四句

鎌倉　二句

寒行や水つながれる十六井

まつすぐに冬来る森田愛子の墓

諏訪の湖大軽率鳥（おほをそどり）を氷上に

揺らし屋のゐて杉花粉飛び始む

櫂水尾さん　四句

訃報ありけり立春の水鏡

鼓動なき水の面や薄紅梅

喪へる命を殊に春の水

春立てる空に元気な星加へ

花冷や理髪に革砥ありし頃

花冷や終着駅の投光器

窓枠の漆喰ほろと養花天

花吹雪尾を持たぬ身の不安定

宇多喜代子さん曰く

山は大きな水のかたまり蕗の薹

星の位置変るまで花見てをりぬ

顔ほどの煎餅春を惜しみけり

万愚節食はされ膃肭臍（おっとせい）の肉

地球の日（アース・デイ）珊瑚思ひのほか重し

貌鳥の颯とよぎりてあともなし

青麦や思ひ出はみな落し穴

春惜しむ竜舌蘭は舌伸ばし

春星や怒る海神ポセイドン

すかんぽをぽんぽん摘むや日は真上

邂逅はたけのこめばる釣れる頃

豪胆に生きよと空に虹を引き

渋谷首夏大道芸の火の玉も

アメリカマサチューセッツ州の湖
チャーゴグガゴグマンチャウグガゴグチャウバナガンガマウグ湖涼し

水泳の勝者は水を打ち叩き

毛虫焼くための阿修羅の六臂かな

とんがつてゐたき日もあり袋蜘蛛

若者の立居に鎖鳴る晩夏

大井競馬場　四句

片蔭や逸れる馬の足搔きをる

炎天を嫌がる馬に遮眼帯

勝馬の走り流せる涼しき目

競馬ナイター中空のとよもせる

木車に座し浅間根にキャベツ植う

秋の初風馬の名はアルタイル

霧の中ガロンガロンと驢馬の鈴

兜太壮(さか)り男(を)秋風をわしづかみ

粗彫の仏肉厚草雲雀

寧日やわれからの音に諭さるる

山霧にままよ巻かれてしまふとも

高瀬川梶の葉売の来る頃か

見えぬほど高きに鎌や風祭

月の夜やきゆうと揉まるる首根つ子

穿つこと言ふ子供なり五平餅

目合はさぬモデルと描き手黄落期

野の隈（くま）のよく見え新酒火入れ式

初霜や魅かかるるものに拝火教

顔見世や俊寛僧都肋浮き

伊丹昆陽池　三句

しばらくは鴨と歩きぬ行基の地

目に入りて消えぬ光や鴨の池

小春日へぬぅつと上がるヌートリア

極月や歪（ひづ）みをかけるギターの音

真山尹（さなやままこと）さん逝去の報に

年の瀬の日差を胸にたたみけり

二〇〇九年　秋思祭

七十句

あらたまの綾(あや)蝶(はびる)舞ふ宮古島

一月や薔薇星雲を観測す

御判戴き象に踏まるる如きかな

惜しみなく愛し合ひたり寒苦鳥

さびしさにことさらに照る鴨の首

ダンスシューズくるりと丸め二月尽

剪定の枝をためおく浅き窪

すれちがひざまの口笛三鬼の忌

丘ひとつ向うを春の祭笛

霾るや砲台岩に貝化石

海蝕の石垣残し霾晦

初花や鯨の形の鯨塚

品川に鯛の荷のつく遅日かな

貝殻を花壇の縁に開帳寺

田螺増えしれつとしたる虚子の顔

寝袋の窮屈が好き五月来る

緑さす石鹸箱のセルロイド

新茶季燈籠二基に日と月と

太宰忌や鯵の叩きを鯵に乗せ
萍の裏に音せる何かをる
睡蓮を盛り上げ隠れ住む心地

狭隘の沼に恋せる蟇

熊野　五句

薬狩遥かに伊勢の湾岸弧

薫衣香高野の雨に打たれに来

粒々と金剛峯寺の夏の露

天南星懺悔懺悔と大音声

熊野の夏大斎原は宇宙卵

滝落つる滝の影また落つるなり

棕櫚の花洗濯泡を盛るやうに

夏休み兎の巣穴深きこと

恋をして沼の面を渡る蛇

糸とんぼ飛びたちやすく失せやすく

螢火の通りすぎたるからだかかな

伊豆　七句

冷し酒夜の満ち潮を感じをり

黒南風や石を抱き込む椆(もち)の幹

舟虫や湿気に肌のぺたぺたす

日蓮上陸崖一面の額の花

―碧湖畔のホテル
バリ島の調度飴色夏兆す

みさごの巣みさごの帰り待つ形

波乗に波の足らぬ日あつぱつぱ

雨のち晴刻々潤む青葡萄

青柿は厚ざぶとんの形なり

八朔相撲雲かけのぼる浅間山

紅茶きーんと冷やし恋しき人を待つ

蝙蝠の舞ひ顳顬のひくひくす

大阪の夜のこてこての氷菓かな

睥睨の鶏一羽施餓鬼寺

登高や確と紅なす浅間山

流星の八方飛びやハードロック

大阪天満宮　秋思祭　八句

風吹けば月光靡く天満宮

ひたと扉(と)を鎖(さ)して始むる秋思祭

捧物の真中に虫籠月今宵

月光のひらき来たるや秋思祭

月祀る篝火の炎に根のあらず

秋思祭地に楽人の侍りをり

長き太刀佩き人長（にんぢやう）の月祀る

人長――神楽を司る舞い手

月面にまむきそむきや月の舞

透垣の透きを楽しむ水の秋

堀田美智子さんに

水澄むや芭蕉のふるさとに眠り

芒から硝子を作る遊びかな

曼珠沙華とは愛を獲る赤き罠

杉の木の内なる錆朱九月尽

反り合はぬ人との仕事残る虫

転がしてみたき月輪枯野原

浮寝鳥闇の半球整ひぬ

魚河岸の氷に血色年詰る

築地歳晩靴底に粘る水

孔雀とは仲良くなれず冬の旅

葡萄園月細ければ狐鳴く

林中に獣の尸(かばね)霧氷咲く

二〇一〇年　船酔をしさうな部屋

八十五句

足裏より突き上げ来たる今年かな

三日はや同心円をなす砂鉄

飴市やすつぽん料理効き来たり

独楽打つやかすかに立てる火の匂ひ

恋しさや地に着かむ雪ふつと撥ね

白息をもつと大きく吐く工夫(くふう)

ローズヒップティーや霧氷の軽井沢

成熟と喪失春の霧氷林

久女忌や靄の中にて靄抱き

舞ふ者と沈める者と裸木に

井戸水のとうとうたらり笹子鳴く

極東や待春の窓押しひらき

篦鹿の篦じつくりと春を待つ

立春の風に嘴ありにけり

春浅しダライ・ラマ師の素手素足

流氷は空腹の音立てゐたり

涅槃変繞光りせる干拓地

沼杉の降らする羽毛復活祭

鳩一羽食ひたる猫や三鬼の忌

春灯や旅疲れとふよき疲れ

別珍の布団の衿や春祭

ラナンキュラス宿世の恋といふことも
流局といふ局面や椿餅
甘海老の青き卵や春祭

どこまでも歩ける靴やチューリップ
康成忌酔余に明くる夜となりぬ
康成忌人ははれものこはれもの

デージーや密々詰まる宝箱

風の日や苦菜の苦み楽しめる

寺山忌身の内に毒回りをり

北端へ身を乗り出しぬ桜桃忌

水を踏み高野聖に会ひに行く

じぐざぐと進める高野聖かな

粥(しゅく)罷(は)なり僧の弾指の涼しさも

粥罷——禅宗で朝食後をいう

訥々といふことありぬ滝音も

反目といふべし百合の花二輪

能登　七句

早苗田や雲低き日は雲の照り

総持寺祖院夏安居の首座若きこと

すかんぽや鱗重ねに千枚田

灯台をめぐり原生林の夏

石菖の咲き灯台のなぐさまず

蓄光す兼六園の苔の花

船酔をしさうな部屋や和倉首夏

ぢだんだのやうに噴水落ち継げり

骨壺の如く滝壺ありにけり

空蟬の未だ抜糸の途中なり
内側の羽は羽衣てんと虫
別れ難しと白玉を共にせり

筋肉の紡錘形や夏の航

賢帝の男色にして虎鶫

大川に夏逝かせたる伝馬船

岡山　四句

内燃をもつて蓮の破れ始む

風切羽切りて鶴飼ふ谷崎忌

大の大人が穴蝦蛄（あなじやこ）を釣るとかや

すまんのぅ岡山言葉涼やかに
七夕や音戸ノ瀬戸に波を織り
海もまた瀬を速むなり星祭

日和見といふも大切生身魂

露の世や疵つき届く本の稜（かど）

月光の胸に的中してゐたり

月光に咎められたるからだかな

鴨の去来去去来去去去来

通草の実林彪の顔思ひ出す

飯田市かわらんべ学習館　三句

アカエリヒレアシシギの子を保護してゐます

鴫の子の眼きよとんと九月尽

ようせしい鴫の子どもの匿はれ

ようせしい――かよわい

蟷螂は落武者の貌ことごとく

刳りぬいて南瓜スープを盛る南瓜

向田邦子偲び小さき南瓜穫る

祖母（おほはは）の化粧箪笥や椿の実
引継ぎし薬箪笥に熊の胆も
逆波のさざくれ立てる七五三

憂国忌金米糖の芯に芥子

冬めく日薄き心のままに逢ひ

千手観音すりぬけ蛇は穴に入る

底なしと聞けば石投げ冬の沼

蕪村忌の胸には語るべき言葉

顔見世や入るも出づるもねやねやに

顔見世や菓子は清浄歓喜団

江上へ綿虫の綿一縷かな

根深汁今宵の星の粒ぞろひ

漬柿や十三の湊の淼々と

生牡蠣のはつかな渋み身を去らず

猩々木リボン結びをまだ解かず

空に創（きず）つけたる冬の流れ星

二〇一一年　朧にはあらず

八十四句

初座敷生者のためのものならず

神楽笛夜更けて渡る月は舟

八方をにらみ冬星飛びにけり

湯をけたてて闇をけたてて冬祭

浜長と掲げある門初戎

鳥総松海彦は良き男なり

冬ざれや片目つむりの鞴神

いつたい誰が見届けてゐる寒の月

信大句会　清水治郎さん

治（はる）郎（らう）の忌や大寒の草新た

一月を長しと思ふ深空かな

池の面の碧玉に春遠からじ

春兆す良き音たてて働けば

時かけて煮る飛竜頭や竜天に

白鳥の帰り支度は水を蹴り

三・一一以降　十三句

地よ鎮まれ海よ鎮まれ春の星

かたかごや悼む心の追ひつかず
三鬼の忌変つてしまひたる未来
引鳥の引き残しし地愛すべし

囀の甦るまでここにゐる

祈るべく星を待ちをりミヨソティス

草萌や無辜の民とふ言葉ふと

朧にはあらず捨て牛歩みをり

遠郭公神は泣くことあらざるや

河童忌や悪しきことのみ的中す

海をゆく魂に羅着せかけぬ

夏花摘流木を焚き魂鎮め

桃見てフクシマ空見てフクシマ

ふぁふぁの寝具は雲よ沈丁花

春星やフルートの音が地を鎮め

磯巾着磯巾着と闘へり

聖五月羽毛ふはりと着水す

かすかなる真珠の歪み寺山忌

満月の昇る疼きや植田原

しつけ糸抜く音をもて百合開く
かけひきはチェリーカクテル傾けて
草笛や冠着山の雨意風意

バーベキューピーマン破裂させてこそ

革椅子に抱かれ江戸川乱歩の忌

巣立ち時磯鵯のぽやぽやぽや毛

上高地　五句

岩魚焼く砦の如く岩魚立て

岩魚の背まこと岩肌上高地

夏の歯朶獣の背もて起ち来たり

朴咲くや水の桴なすひとところ

朝より丁々発止夏の川

空蟬は骸にあらず死にあらず

水中に風を起せる泉かな

七月の病臥に空のぽかんとす

痛点に印す黒丸火取虫

祭あと星の天蓋残さるる

シャツ貼りつき広島原爆の日なり

秒針は渇きにも似て終戦日

悼句　五句

炎天や棒一本を墓となし

炎天や人を燃す火を優しとも

強面を張りをる死者や今年絹

遺品これ蝶をしまひし三角紙

空蟬の成仏するといふはなく

蛇の衣その内側に眠りたし

紅さされゐて受け口や西鶴忌

竹伐るや忿怒凝りたる青仏

鰍突雲のほつれの下は雨

台風に逆らふ気など毛頭も
月は金色我が身は小さき楽器なり
レモンの木レモン形なる月掲げ

禅寺に獅子吼と掲げ黄落期

黄落や日当りて馬つやつやす

結構違ふよ団栗の背くらべ

鶏頭を伐り血しぶきの如きもの

立冬の城門に湧く誄歌かな

外套に顎埋むればロートレック

綿虫に空気のどこか脂つぼ

咳をもて否決としたる会議かな

「俳壇」題詠九句　冬の風物を詠む

木枯しに備へ立てたる山の連（つら）

炬燵板おはじきの国燦爛と

蒼穹を脱ぎたき時も葱畑

河豚競りの袋打ち捨てられてをり

咳をしても一人にはなれず

狐火を吊り何人（なんぴと）も眠らせず

とつおいつ柚子湯の柚子と歳月と

残念な男となりぬ着ぶくれて

訝しき貌する栗鼠や師走来る

冷え冷えとかちわたりゆく浅き水

猫の目をねらふ鴉や一茶の忌

後ろへと回る狐火面倒ぞ

雪達磨今し睛(ひとみ)を打つところ

二〇一二年　岩塩は骨色

九十四句

踏む草の返す力や初日の出

初詣道に出てゐる猿が邪魔

馬場始かんばしく立つ藁埃

ターバンの巻き方習ふ初写真

新玉のデッキブラシをかけてをり

獲物狩るクリオネ怖し寝正月

山々の眠りに月の蝕進み

冬ざれや龍爪（りゅうさう）といふ筆跡も

狸飼ふ男人生まつぴらと

一夜にて子供生みたり雪だるま

雪だるま押し立ててゆく仲直り

いづれまた会ふこともあり雪だるま

一切経蔵せり冬の花蕨

ふさふさとせる鷹匠の身拵へ

待春や深海魚たち楽しさう

観音の御手囀へ差し出され

二・二六の寒さを好きと宇多喜代子

二・二六海に落ちたる影法師

浅春や朝の空気籠の如

料峭の湖(こ)鏡(きやう)十一面観音

春を呼び覚ます疎水を琵琶湖より

水路橋行く春水のまだ渋き

下鴨の高木に雲や野蒜和

薄氷をもつて柩を覆ひけり

春光を引きて大水薙鳥は

誓子忌や風に振られて目覚むる木

見えてゐる光の素足うまごやし

ぞんざいな折目ひらけば初蝶に

もう離れたくない花冷の二人

エープリルフールうふふと言ふ駱駝

菜の花のぎゅうぎゅう立ちの点描画

五合庵楓の花の降る刹那

春祭近しと獅子をつくろひぬ

どうしやうもなき三人の放哉忌

ブラックライト当てて憲法記念の日

緬羊のおぢいさん顔こどもの日

壺焼や少しみだらな弁財天

花筏回りこまれてしまひけり

雅とは鴉のことよ王羲之忌

蓴採る舟あてどなくしどけなく

軽暖や孔雀は一張りの扇子

月星を頂く家や夜光虫

恋人の日なりペディキュアされてゐる

六月十二日

円城寺龍とマンゴーシャーベット

〈誰も知らぬ龍と貴子のシャーベット　安部克詠〉かへし

第三の男あらはる花野かな

ハンカチを振りたきほどに名残惜し

沖縄　三十三句

ラグーンのバルコニーにて待つ午餐

環礁をたどりてビーチサンダルは

夏盛ん月桃の葉を敷く皿も

立雲は祝女の胸乳の如迫り

斎場御嶽（せーふぁうたき）すでに密林なす夏木

不喰芋（くはずいも）実り斎場御嶽かな

花綵の南端の花月桃は

大谷渡り我が物顔に夏木攻め

琉球の王は大谷渡りかも

受水（うきんじゅ）走水（はいんじゅ）熊蟬みんな発たせたる

受水走水しばし素足を浸しをり

綱引のため今年藁運ばれ来

死者のため緑蔭を張る桃玉名（ももたまな）

戦骨を蒐めしところ蘇鉄咲く

七月の気根大地へひた向かひ

虹立つは極楽鳥の尾羽とも

夕づくや苦瓜と麩をとろりと煮

やどかりの眠りゆうなは花落し

三線の音色いそがず花ゆうな

かなしみの色は紺碧花ゆうな

夕凪はゆうなの花の落つる時
さがり花琉球の神ここに降り
夜は夜の立雲の立ち命濃し

首里城を渡る夏ぐれ龍かとも

夏ぐれ―夕立

石敢當（いしがんとう）くつきりと立つ炎天に

炎日や売られて黒き豚の面（つら）

おじさんは魚の名前市の夏

逆鱗を立つる竜神夏ぐれ来

夏ぐれや普天間飛行場遥拝

砲弾の音に雷神下りけり

おほごまだら蝶蝶の舞ひ時を止め

太陽の大きな島や海紅豆

てんさぐの咲き夕映の島乙女
いやよいやよと滝壺を水出てゆかず
雷神の屏風立ちなり小諸口

逶迤（いだ）として心ひきずる白き蛇

大切に心を畳み木槿落つ

邯鄲やかけてとどまる釉（うはぐすり）

紅葉や〆切前の鍋磨き

軽井沢空より冬の近づき来

立冬の鰐をひつくりかへしたり

岩塩は骨色冬は厳しきか

冬来りけり山祇の大きな箕

ヴェネツィアは亡びを急ぎ冬の靄

しろたへの雪嶺その名摩利支天

言ひ果せたるかと訊けり凩に

山茶花や棺ひたひた時満ち来

波郷忌の光へ柩送り出す

二〇一三年　もつと寄つて

五十七句

良き年の来よ来よ来よと鰤大根

あらたまの鷺が雀を一呑みに

焚火の火萎えればすぐに闇が埋め

言痛(こちた)みて雁木の町を通りけり

加湿器のコォォとうたひはじめたる

着ぶくれてかへつて心赤裸

寒苦鳥恋に死ぬ気でありし頃

湖の凍れば闇の銀(しろがね)に

鼯鼠やパンタグラフのばちばちと

大鷲はスパッツ履いて闊歩して

ペルーより来たるオカリナ雪解星

関千賀子さんの旅土産

川上へつッと吹かるる流し雛

膝に顎乗せて見送る流し雛

手を離す一瞬永しかなんばれ

創（きず）はみな光となりぬ春の玻璃

水門に貝殻ひたと放哉忌

鷗にも泳ぎたき日や灌仏会

志功画の血気盛んや桃の花

図書館の高き踏台水の春

風船を持てば未来はすぐそこに

桜隠し宙に盈ちくるもののあり

花びらを掬ひこぼしてまた迷ふ

春雨は大風の気が済んでから

船よりも遅るる汽笛月日貝

豚の子のうつらうつらや白詰草

六月やもつと寄つてとカメラマン

病を得たる飯田の句友に

もう一度句会に来ませ風は夏

福島第一原発　元所長

七月の九日吉田昌郎の忌

諡（おくりな）を呼ぶが如くや虎鶇

一対の獣の如き登山靴

鹿児島　七句

火の山の山襞を蛇のぼりゆく

きびなごのぴちりと裂かれ明易し

桜島夜の火焔を祭とも

火山弾積まれて梅雨の船重し

どくどくと梅雨霧の巻く桜島

青霧にさらされ藤後左右の忌

岬鼻のまこと鉤鼻荒地瓜

日盛や鬼押出を鬼歩き

星を見るための天窓避暑名残

盆唄の尾は海上へ流れ行き

恋のから騒ぎ雀は蛤に

秋日差パンダパンダを枕とし

木斛の実のうッふんと弾けたり
林檎色づくのんきな雲に促され
ダイナモを耳に夜業の捗りぬ

月代に遊ばせてゐる羊かな

ひたひたと月に満たされ野外能

月今宵土偶は子供生みたさう

ニコライ堂　二句

ニコライ堂八端十字架も冬へ

寒百合の蒼原初に言葉ありき

悼句

霜晴の須藤徹がそこに居る

龍安寺　三句

京時雨石と石との私語（ささめごと）

朽野や土塀に残る臙脂色

片時雨のちの葉照りや龍安寺

広隆寺

底冷や弥勒の思惟の降り積り

太秦や高きところを行く時雨

化野の綿虫ことに綿を盛り

二〇一四年　若葉のもの、あはれ

八十一句

あらたまの根榾を焚けば樹液噴き
枯山の奥へ奥へと星釣りに
月光の的となりたる的鯛

絶対の海鵜の孤独寒潮に

小刻みに畳む夕波寒椿

ダイヤモンドダストぎゅっと目を閉ぢ天真向き

月の夜や青き瞳の雪兎

「狩」三十五周年

一粒の真珠も狩に得たるもの

臘梅の香の盈つ半跏思惟仏

嘴赤き鳥は瑞兆お水取

湖明けや鳥たはむれの羽散らし

聞くとしもあらで届きぬ磯嘆き

水ぎはに来て貝寄風を心待ち

砂丘など踏みたし三月の足裏

春分や賢者の眼する駱駝

学僧の音なき歩み春障子

女雛はも心許さぬ顔つきに

桜より淡く淡くと暮るる空

光透くまぶたは花びらの薄さ

曇り日の風のはためき御開帳

冠の鶏形や春神楽

陽炎を握れば握り返さるる

黄金週間鵜は羽干しに時をかけ

観音の指（および）の如く松の芯

乳房川遥かへ流れ良司の忌

『きけわだつみのこえ』上原良司（五月十一日）二句

クロオチェに栞る恋文良司の忌

次々に山系展け白夜行

若葉冷ギターの螺鈿光りかな

三河・志摩　五句

青梅を殊に杜国の青さとも

岬の空鷹戻るべく白濁す

飛魚（あご）焼の翼も食うべ供養とす

浜木綿や岬の片側人住まず

本居宣長居

若葉には若葉のもの丶あはれかな

我も地衣類梅雨時は絶好調

茅の輪くぐりて暮るるまで川端に

手に取れば漂ひ初むる蛇の衣

山麓は雨の受皿蛇苺

野茨に雨糸となり粒となり

葛引くと遠くが動く晴子の忌

銅鏡は何も映さず蟻地獄

不動滝体を持ってゆかれさう

滝風のばさらばさらと降りかかり

落ちつげり滝の翼の剝がれては

滝は男なり滝壺は女なり

七月やガーゼの語源ガザの町

白靴に攻めの切つ尖ありにけり

浴槽は寝墓の形螢の夜

母の家毀ちて残る蟻の列

便々と蝙蝠の飛ぶ赤き河

音立ててぶつかる蜻蜓ワイン蔵

盆荒の風を聞きをる鶚かな

廃鶏を運ぶ八月十五日

終戦記念日一湾の油凪

真葛原遷都の如く移る雲

鋭角に稜（かど）立つる波雁渡し

秋虹に声上げ君に会ふ日なり

神戸税関脇に太刀魚釣りゐたり

雁渡しローレン・バコールが逝きぬ

台風の近づく夜や子の熱（いき）れ

眠らざるエドガー・アラン・ポー忌なり

苦しみを一縷引きをる草の絮

地芝居や眼ですがり寄る女

遠き遠き台風のもたらすうねり

長月やぬらぬらとせる蛇抜け道

鳥屋野潟一音もなく鴫発てり

月の射す夜や言葉は交さずに

凱旋の如薯蕷を掲げ来る

掌は欲なき器零余子採る

猪を神輿の如く担ぎけり

那須　那珂川　四句

下り簗喉もと詰まり来る心地

下り簗雨の地勢となりゐたり

雨の香と違ふ水の香下り簗

椢の実は雨中へ青き香を放ち

もう何も競はぬ水草紅葉かな

霜月や花びらの如ハムを削ぎ

綿虫と契る綿虫黄金郷

ロックンロール着ぶくれてなど居れず

弦緩め仕舞ふギターやレノンの忌

十二月わが泥舟の沈みゆく

冬眠にかかる亀虫ふぜいかな

仲良くはないが集まり冬眠す

句集　黄金分割　畢

あとがき

今年は二〇一九年、令和元年が始まっている。二〇〇八年に第三句集『紅娘』（本阿弥書店）を出してから、十一年も経ってしまった。そこで、まずは二〇〇八年から二〇一四年まで七年間の作品で第四句集を編むこととし、『黄金分割』と名づけた。黄金分割は一つの線分を二つに分ける比率で、ほぼ一対一・六一八。長方形の縦と横をこの比率にすると最も安定的で美を感じるといわれ、名刺の用紙もほぼこの比率になっている。また、自然界にも多くの黄金比が存在する。

今までの歩みを振り返ってみると、「岳」俳句会をはじめとして、長野市・松本市等のカルチャーセンターにて句会を担当させて頂く機会が増えている。ありがたいことだ。この折に、俳句を始めてからの自己の変化に触れておきたい。

一九八一年に信州大学学生俳句会に誘われて俳句を始めることとなったが、それ以前、高校時代は文学班に所属し、いわゆる文学少女だった。自由詩を少々。何か散文を書きたいと思うが、心の中を探してみても泥炭のような自我があるばかり。それでも他に守るものはなく、社会とはうまく接触できず、泥炭を抱え、世間に背を向け、硬くうずくまっている状態だった。俳句を始めてからも、当初はこの泥炭しか詠う対象はなかった。俳句には季語を入れなければというので、歳時記を見て好きな言葉を発見しては、では「海市」で一句作ろうと、頭の中で創作していた。これは、ほどなく行き詰まる。ところが、自我を抱えて丸まった私の背中をぽんぽんと叩いて、「ちょっと振り返って、こっちの世界を見てみれば」と示してくれたのは、本物の季語の世界だった。言葉のみではなく、実物の釣舟草であり、銀やんまであり、滝であり、冬山だった。実物は豊饒で、しかも千変万化する。いつの間にか、それらを心の中に入れる術を覚えた。覚えてみると、それ以前は、何と総ての物を拒否していたのだろうと驚くばかりだ。心の中が豊かな物で満たされてゆくと、従来抱えていた泥炭はもうどこかへ雲散霧消していた。縮こまっていた背は伸び、肩の力は抜け、呼吸が楽になった。この季語との出会いは、私にとってかけがえのないものだった。

何を当たり前のことを今さらと思われるだろうが、にぶい私はこの行程を踏んで、自覚して、理解するまでに、ほぼ現在までという長い月日を要したのだ。

この間、「岳」俳句会主宰の宮坂静生先生は常に変らず根気よくご指導くださり、先輩や句友から学ぶことは多い。広く俳人の皆さんからは、時々「もっと厳しい人だと思っていました」という意外な指摘も含め、温かいお言葉をかけて頂く。はからずも現代俳句協会副会長になってからは、全国から講演を、選句をと、依頼を頂く。俳句総合誌や出版社の編集部の方との交流からは、常に新しい刺激を頂く。こんな私に、ありがたいことばかり。どれが欠けても、俳人としての私は成り立たない。皆々様に感謝申し上げたい。これからもよろしくお願い申し上げます。

今回の句集制作は、朔出版にお願いした。鈴木忍さんとは「岳」三十五周年大会の翌日、軽井沢のそぞろ歩きをご一緒したのが忘れられず、このたびのご縁にいたった。装幀の間村俊一さん、造本に携わってくださった方に御礼申し上げます。

ちなみに、口絵に用いた絵画「エルドラド」は、私が長年〝おっかけ〟を続けているギタリストの下山淳さんが描かれた。それが公式ウェブサイトにて頒布され、手に入れることが出来た。原初にこの絵画「エルドラド」があり、そこから「黄金郷」、「黄金分割」が導き出されて今回の句集名に行きついたという経緯がある。我ながら、なかなかファン冥利に尽きることよと、胸が高鳴ってしまうのだった。

令和元年晩夏の候に

小林貴子

著者略歴

小林貴子（こばやし　たかこ）

1959（昭和 34）年 8 月 15 日　長野県飯田市生れ。

1981（昭和 56）年　信州大学学生俳句会、「岳」俳句会に入会。宮坂静生先生に師事。

1982 年から 1997 年まで「鷹」俳句会に所属。

2003（平成 15）年　第 58 回現代俳句協会賞受賞。

現在　「岳」編集長、現代俳句協会副会長、俳文学会会員、日本文藝家協会会員。

句集　『海市』（牧羊社／ 1987 年）
　　　『北斗七星』（本阿弥書店／ 1997 年）
　　　『紅娘』（本阿弥書店／ 2008 年）

著書　『秀句三五〇選　芸』（蝸牛社／ 1991 年）
　　　『もっと知りたい日本の季語』（本阿弥書店／ 2005 年）

共著　『12 の現代俳人論』（角川書店／ 2005 年）
　　　『拝啓 静生百句』（花神社／ 2013 年）

句集　黄金分割　おうごんぶんかつ

2019年10月6日　初版発行
2020年10月6日　二刷発行

著　者　　小林貴子

発行者　　鈴木　忍

発行所　　株式会社 朔（さく）出版
郵便番号173-0021
東京都板橋区弥生町49-12-501
電話　03-5926-4386
振替　00140-0-673315
https://www.saku-shuppan.com/
E-mail　info@saku-pub.com

印刷製本　中央精版印刷株式会社

ISBN978-4-908978-29-6　C0092